INSTITUT DE FRANCE.

ACADÉMIE DES BEAUX-ARTS.

NOTICE

SUR LA VIE ET LES OUVRAGES

DE M. LÉON COGNIET

PAR

M. LE Vᵗᵉ HENRI DELABORDE

SECRÉTAIRE PERPÉTUEL DE L'ACADÉMIE

Lue dans la séance publique annuelle du 22 octobre 1881.

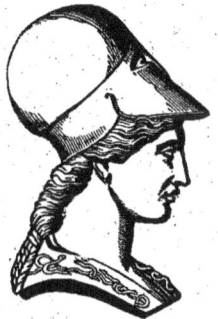

PARIS

TYPOGRAPHIE DE FIRMIN-DIDOT ET Cⁱᵉ

IMPRIMEURS DE L'INSTITUT DE FRANCE, RUE JACOB, 56

M DCCC LXXXI

INSTITUT DE FRANCE.

ACADÉMIE DES BEAUX-ARTS.

NOTICE

SUR LA VIE ET LES OUVRAGES

DE M. LÉON COGNIET

PAR

M. LE Vᵀᴱ HENRI DELABORDE

SECRÉTAIRE PERPÉTUEL DE L'ACADÉMIE

Lue dans la séance publique annuelle du 22 octobre 1881.

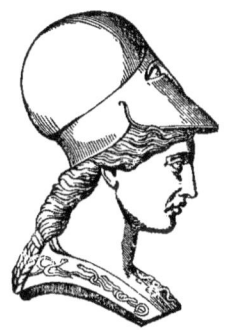

PARIS

TYPOGRAPHIE DE FIRMIN-DIDOT ET Cⁱᴱ

IMPRIMEURS DE L'INSTITUT DE FRANCE, RUE JACOB, 56

M DCCC LXXXI

NOTICE

SUR LA VIE ET LES OUVRAGES

DE M. LÉON COGNIET

PAR

M. LE Vte HENRI DELABORDE

SECRÉTAIRE PERPÉTUEL DE L'ACADÉMIE

Lue dans la séance publique annuelle du 22 octobre 1881.

MESSIEURS,

Il y a dans l'histoire de l'art, à côté des maîtres qui se révèlent du jour au lendemain et qui s'imposent à l'admiration de haute lutte, ceux dont la renommée moins impérieuse s'établit par la persuasion, se confirme par la succession sans démenti des preuves faites, et finit par être si unanimement acceptée que, avec moins de bruit et d'éclat, elle a presque tous les privilèges de la gloire. Le genre de célébrité attaché au nom de M. Cogniet serait un exemple de plus de cette justice obtenue à force de loyauté dans le talent et de dignité dans le caractère. Jamais homme d'ailleurs mérita-t-il mieux que celui-là d'être honoré à ce double titre? J'en appelle à vous, Messieurs, qui pendant tant d'années avez vu de près notre vénéré confrère; j'en appelle à ses nombreux élèves dont plusieurs m'entendent en ce moment, et qui tous lui rendaient en reconnaissance et en affection respectueuse ce qu'il avait lui-même si pieusement donné à son maître, Pierre Guérin. Il en est qui siègent au milieu de vous, les uns parmi les anciens déjà de notre compagnie, les autres parmi ses membres les plus récemment élus. C'est ainsi que, issus de la même école, mais séparés par l'intervalle des années et la diversité des talents, le sculpteur poétiquement inspiré de *Jeanne d'Arc* et de *la Jeunesse*, le peintre vigoureux de *Saint Vincent de Paul* et du *Portrait de M. Thiers* sont venus rejoindre, là où M. Cogniet les avait précédés, l'auteur de cette composition tragique, l'*Appel des dernières victimes de la Terreur*, et ce maître dont le pinceau, aussi exact que celui des Hollandais, sait de plus, avec une sagacité toute française, exprimer chez les personnages qu'il figure la vie subtile de l'esprit ou les mœurs énergiques des âmes guerrières, et représenter à souhait jusqu'aux scènes les plus compliquées dans un cadre de quelques centimètres.

Certes, pour relever les mérites de M. Cogniet, il n'est pas nécessaire d'exagérer l'influence qu'il a pu avoir sur le développement de pareils talents, ni même sur certains autres qui pourtant procèdent plus directement de ses exemples. Il faut laisser aux artistes sortis de son atelier ce qui leur appartient en propre, ce qu'ils doivent avant tout à

leurs instincts ou à leurs efforts personnels; mais s'en trouverait-il un seul parmi eux qui, se dérobant aux souvenirs
de sa jeunesse, voulût s'affranchir de la gratitude qu'ils lui
imposent?

En gardant à leur tour cette mémoire du cœur, ils ne
feront que continuer une tradition laissée par M. Cogniet
lui-même. Je parlais tout à l'heure de sa piété pour celui
dont il avait autrefois reçu les leçons : c'est en effet le seul
mot qui puisse rendre les sentiments de tendresse filiale
qu'il avait voués à Guérin, et qu'il conserva jusqu'à la fin
aussi vivaces, aussi ingénus, aussi jeunes pourrait-on dire,
qu'à l'époque où il faisait son apprentissage sous les yeux de
ce maître bien-aimé. A quatre-vingts ans aussi naïvement
qu'à vingt, il ne se croyait et ne voulait être que le lévite
du temple dont un autre lui avait ouvert l'accès. Lorsque,
vers la fin de sa vie encore, il déplorait la perte de son
maître comme un malheur qui l'eût frappé la veille, ou
seulement lorsque sa voix, émue du même respect qu'au
premier jour, prononçait le nom de « Monsieur Guérin »,
on devinait bien, on lisait presque sur ses lèvres ce que ces
deux mots traduisaient de son cœur, et quels sentiments ils
résumaient chez lui d'ardente vénération et de fidélité inviolable. M. Sainte-Beuve, en retraçant dans son livre sur
Port-Royal les dernières années de Le Nain de Tillemont,
nous représente ce saint et savant homme comme la personnification de la modestie et de la soumission en cheveux
blancs, comme le type de l'élève resté obstinément humble devant ses maîtres, « de l'élève vieillard », ainsi qu'il
l'appelle. Toute proportion gardée entre la condition des
modèles, le portrait ne ressemble-t-il pas à celui qu'on

pourrait faire de M. Cogniet, et ne retrouverait-on pas
quelque chose de la physionomie morale propre au doux
élève de Port-Royal dans cette abnégation candide, dans
cet invariable besoin de se souvenir, qui furent jusqu'au
tombeau, chez l'ancien élève de Guérin, des traits de caractère et comme le tempérament même de l'âme ?

Né à Paris le 29 août 1794, Léon Cogniet était âgé de
dix-huit ans lorsqu'il entra dans l'atelier de Guérin pour y
commencer ses études d'artiste. Jusque-là tout s'était borné
pour lui à des essais ou à des travaux d'un ordre purement
industriel, et, bien que depuis un certain temps déjà il
portât plus haut ses visées, il n'en avait pas moins dû s'en
tenir aux modestes occupations que lui imposait son père,
simple dessinateur d'ornements pour les fabriques de pa-
piers peints.

Beaucoup plus jaloux de former son fils au métier dont
il vivait lui-même que de le voir s'aventurer dans une carrière bien autrement brillante, il est vrai, mais aussi bien
autrement périlleuse, l'honnête homme s'y prenait de son
mieux pour réprimer des désirs qui l'inquiétaient, et pour
opposer aux incertitudes de l'avenir rêvé par l'enfant le
sort assuré que lui procurerait la pratique de sa propre
profession. Malheureusement pour sa cause et pour lui, il
avait affaire à forte partie ; non certes que la résistance
qu'il rencontrait participât le moins du monde de l'esprit
de révolte, — Léon Cogniet n'était nullement de ceux qui,
pour suivre leur vocation, ont recours à la tromperie sans
vergogne, comme Salvator Rosa, ou à la fuite loin de la maison paternelle, comme Callot ; mais, tout en faisant dans le

présent ce qu'on exigeait de lui, il n'entendait rien céder
de ses espérances pour l'avenir, et ne renonçait pas plus à
persuader un jour son père qu'il ne se sentait, en attendant, d'humeur à lui désobéir. L'évènement, à la fin, lui
donna raison. Vaincu par tant de patience et de bon vou-
loir, son père consentit à rendre les armes, sous cette condition néanmoins que si, dans un délai très court, des ré-
sultats décisifs n'étaient pas obtenus, l'apprenti peintre,
au lieu de prolonger l'essai, y renoncerait une fois pour
toutes, et retournerait de bonne grâce à son premier métier.

Ainsi mis en demeure d'avoir réussi à jour fixe, Léon
Cogniet emploie si bien son temps que, au bout de quelques mois, son père a déjà lieu d'être suffisamment ras-
suré ; et, dès l'année 1815 le second grand prix de Rome,
deux ans plus tard le premier grand prix, viennent donner
une conclusion éclatante à la série des efforts poursuivis
jusqu'alors à huis clos. Ce n'est pas tout : celui-là même
qui avait tant fait pour détourner son fils de l'art propre-
ment dit, ce sceptique si éloigné de la confiance dans les
ressources que la peinture peut procurer, ne tarde pas à
se convertir pour son compte, et à se convertir si com-
plètement que, quittant, lui aussi, ses occupations accou-
tumées, il entreprend, pour le continuer pendant le reste
de sa vie, le commerce des tableaux.

Quelque importance d'ailleurs que pût avoir, au point
de vue personnel, le succès obtenu par Léon Cogniet, il ne
laissait pas d'intéresser très directement aussi l'honneur de
l'école à laquelle le jeune lauréat appartenait. C'était la
première fois qu'il arrivait à un élève de Guérin, — j'en-

tends à un élève exclusivement formé par lui (1), — de remporter le grand prix de peinture. Les élèves de Regnault, de David et de Vincent, avaient, depuis la fin du XVIII° siècle détenu en quelque sorte le privilège de cette haute récompense, et le fait, tout nouveau dans le milieu où il se produisait, n'impliquait pas seulement un échec pour les écoles rivales; il semblait de plus consacrer dans l'éducation classique l'avènement de certaines doctrines, de certaines aspirations tout au moins, en désaccord avec les traditions et les usages invariablement suivis jusqu'alors.

Malgré ce qu'ils empruntaient forcément des exemples mêmes et de l'influence personnelle du professeur, les enseignements que les jeunes artistes recevaient chez Guérin laissaient en effet à l'indépendance de leur sentiment, au libre développement de leurs aptitudes, une part beaucoup plus large que celle qu'on leur eût faite ailleurs. Géricault étudiait dans l'atelier du sage peintre de *Marcus Sextus* à l'époque où il jetait d'une main enfiévrée sur la toile son *Chasseur à cheval* et son *Cuirassier blessé*. Et Guérin, loin de se scandaliser des infidélités apparentes de son fougueux élève, ne songeait qu'à lui assurer par la liberté les moyens de s'éprouver et de se refréner lui-même. « Géricault, écrivait-il un jour, est encore à l'état d'ébullition. C'est une liqueur généreuse qu'il faut laisser fermenter avant de l'enfermer, sans quoi elle briserait tout. » Un peu plus tard, Delacroix, Sigalon, Scheffer, — pour ne rappe-

---

(1) Alaux, qui avait obtenu ce prix en 1815, n'était entré dans l'atelier de Guérin que vers la fin de l'année précédente. Il avait jusqu'alors étudié sous la direction de Vincent.

ler que ceux qui ne sont plus, — s'essayaient sous les yeux
du même maître dans les voies diverses où les poussaient
leurs instincts, et s'encourageaient de son approbation ou
mettaient à profit ses remontrances, en attendant l'heure
des épreuves publiques et des rencontres décisives.

Léon Cogniet certes n'avait, ni dans le talent ni dans le
caractère, ce zèle d'innovation à outrance, cette ardeur
révolutionnaire qui animait à côté de lui quelques-uns de
ses condisciples; mais comme eux, et à sa manière, il re-
présentait l'esprit d'opposition aux habitudes artificielles
de l'époque; il travaillait lui aussi à provoquer une ré-
forme, sans prétendre toutefois l'introduire par surprise
ou l'imposer par violence. C'était, si l'on veut, un girondin de l'art, mais un girondin incapable de devenir, sous
prétexte de nécessité, le complice d'aucun excès.

Le tableau qui avait valu à Léon Cogniet le prix de
Rome, — *Hélène enlevée à Thésée par ses frères Castor et
Pollux*, — exprimait bien les idées d'affranchissement
dont une partie de l'école française commençait alors à être
travaillée. Il y avait là, sous des formes très réservées encore, le symptôme des exemples que d'autres allaient plus
audacieusement donner; il y avait là un effort sincère et
déjà remarquable, pour vivifier l'aspect d'une scène par le
mouvement imprévu des lignes ou par l'animation du co-
loris.

Aujourd'hui, à la distance où nous sommes des hommes
et des œuvres de ce temps, peut-être n'apprécions-nous
pas à sa valeur exacte la hardiesse relative des premières
tentatives faites et des premiers progrès accomplis. Tant
d'innovations bien autrement radicales ont été essayées

2

depuis lors, nous avons vu s'afficher tour à tour tant de
programmes ou de prétentions, que nous nous laissons
aller de guerre lasse à oublier presque les luttes honora-
bles de la veille pour les aventures ou les témérités du
lendemain, ou quelquefois à confondre avec les vaincus de
l'ancien régime ceux-là mêmes qui ont le plus utilement
contribué à en supprimer les abus. Qui sait si aux yeux de
certaines gens Cogniet n'est pas tout uniment un « classique », comme on aurait dit il y a un demi-siècle, par cela
seul qu'il n'a point voulu s'associer à tous les défis ni éta-
ler toutes les ambitions du parti contraire?

Quoi qu'il en soit, et même abstraction faite des circonstances où il se produisait, le talent du peintre de la *Déli-
vrance d'Hélène* se recommandait tout naturellement à
l'attention par un mélange singulier de grâce juvénile et de
maturité précoce, par une élégante facilité dans l'exécution unie à l'expression d'un sentiment déjà viril et d'intentions morales déjà judicieusement raisonnées. Les tableaux que, dans le cours des années suivantes, Léon
Cogniet envoya de Rome ne firent que confirmer dans l'esprit des bons juges l'opinion que ses débuts avaient fait
concevoir. Les rapports officiels auxquels donnèrent lieu
ces *envois* successifs témoignent assez du prix qu'attachait
l'Académie aux travaux du jeune pensionnaire et,— ce sont
les termes mêmes qu'elle emploie, — « à ses heureux efforts pour concilier la correction du style avec l'imitation
fidèle de la nature ».

La nature : c'est là en réalité la source d'inspiration
unique à laquelle, même au milieu des chefs-d'œuvre de
l'art qui l'entourent, Léon Cogniet entend puiser pendant

toute la durée de son séjour à Rome; c'est sur la parfaite indépendance du sentiment en face d'un beau site ou d'un beau type, c'est sur l'émotion causée par la rencontre directe de quelque phénomène imprévu ou de quelque haute pensée, qu'il compte, beaucoup plus que sur les exemples consacrés, pour faire à son tour acte d'artiste.

Rien de plus net à cet égard ni de plus touchant tout ensemble que l'espèce de confession que lui dicte sa conscience dans une de ses premières lettres à Guérin. Le jour même de son arrivée à Rome, il n'avait pas, bien entendu, manqué d'écrire à son maître, mais seulement pour lui annoncer qu'il avait atteint le but de son voyage. « Je me porte très bien, lui disait-il; c'est la première nouvelle que je dois vous donner. Une autre fois, je vous raconterai l'effet qu'a produit sur moi la vue de Rome; une autre fois, je parlerai à mon maître, à celui qui a dirigé mes études et qui dirigera encore celles que je vais faire ici. Aujourd'hui, je parle à mon père,... à celui dont les yeux étaient humides de larmes lorsque je l'ai quitté. » Et comme si les paroles lui manquaient pour exprimer ce que le souvenir de cet adieu réveille dans son cœur d'autres chers souvenirs, il s'en tient à cette exclamation : « Mon bon maître! » — sauf sans doute à sentir à son tour les larmes mouiller ses yeux, en même temps que sa main s'arrête sur les mots qu'elle vient de tracer, et que sa pensée toute pleine de l'absent les commente en secret et les achève; mais une seconde lettre nous le montre s'ouvrant sans réticence à Guérin parce qu'il ne s'agit plus ici des scrupules de son affection et que ses idées seules sont en cause dans les confidences qu'il aborde :

« Une question que vous me faites m'embarrasse assez,
lui écrit-il au commencement de l'année 1818. Vous me
demandez ce qui me frappe le plus, de la sculpture des anciens, de la peinture des maîtres ou de la physionomie du
peuple romain. Quelque chose m'a frappé plus que tout
cela... Je veux parler des beautés de la nature, non seulement dans le pays que j'habite maintenant, mais encore
dans tous ceux que j'ai parcourus depuis les frontières de
la France... Devant les plus beaux tableaux que je vois ici,
je suis obligé de raisonner pour reconnaître le prodigieux
mérite de ceux qui les ont faits. J'admire la vigueur du
dessin ou de la couleur, la grandeur du caractère; mais
tout cela m'étonne sans me toucher à fond, tout cela parle
à mon esprit et non à mon cœur... Pardonnez-moi, mon
cher maître, d'avoir osé établir une comparaison dans laquelle je ne mets pas l'avantage du côté des grands maîtres,
généralement reconnus pour les modèles de tous les
temps; mais elle était nécessaire pour vous communiquer
mes idées et pour me mettre à même de recevoir vos avis
qui me sont si précieux. Si le temps apporte quelque
changement dans ma manière de voir, je vous le dirai avec
la même franchise. Je suis toujours sûr de trouver auprès
de vous autant d'indulgence pour mes erreurs que j'ai de
confiance dans vos conseils... »

Les « erreurs » que Cogniet craignait en ceci de commettre n'étaient pas telles qu'elles dussent inquiéter beaucoup Guérin. Malgré les démentis qu'il semblait quelquefois se donner à lui-même par l'exécution un peu apprêtée
ou par l'ordonnance un peu théâtrale de ses ouvrages,
Guérin tenait, — et il le déclarait dans une autre occasion,

— « qu'on ne fait pas un peintre avec de la peinture »,
et que l'art ayant pour objet l'image de la vie, l'artiste
véritable n'est pas celui qui, au lieu de ce modèle direct,
ne sait « imiter que des imitations ». Aussi s'empres-
sa-t-il de lever les doutes de son élève, non sans le
rassurer en même temps sur les dangers que pourrait
avoir l'attention donnée aux œuvres d'autrui.

« Vous vous accusez comme d'un tort, lui écrivait-il, de
ne pas être touché des beautés de l'art autant que des mer-
veilles de la nature. Ce tort-là, mon ami, gardez-le toujours ; car aussitôt que vous vous en seriez corrigé, la nature elle-même vous abandonnerait. Votre aveu à cet égard
me confirme dans l'opinion que c'est votre âme et votre
cœur qui vous ont fait peintre ; mais vous savez que ni l'une
ni l'autre ne s'exprime qu'à l'aide d'un langage, et ce langage il faut l'apprendre de ceux qui le parlent le mieux...
Étudiez donc assidûment l'antique, non pour vous mettre
en état d'en contrefaire les formes, mais pour arriver à
votre tour à savoir vous servir de la nature, à la rendre
sans l'avilir et, en quelque sorte, sans la dénaturer. »

Cogniet se le tint pour dit. Pendant plusieurs mois qu'il
alla passer tout exprès à Naples, il dessina d'après les sta-
tues et les peintures antiques avec un zèle égal à celui qui
l'avait porté d'abord à regarder presque uniquement ailleurs. Son talent y gagna beaucoup en précision et en sû-
reté ; sa bonne foi accoutumée n'y perdit rien. La preuve
en est dans les tableaux qui suivirent, depuis cette *Jeune
Chasseresse* que la gravure a popularisée jusqu'à cette
grande toile représentant *Marius sur les ruines de Carthage*,
— la première œuvre exposée par Cogniet après son re-

tour à Paris, et la première aussi peut-être, parmi celles
du XIXe siècle, où la signification dramatique d'une scène
empruntée à l'antiquité ressorte de l'effet pittoresque pro-
prement dit, des caractères inhérents à l'heure choisie et
au paysage, autant que des attitudes imaginées pour les
figures et de l'expression donnée à leurs traits.

Bien peu après, une autre toile, — *Une scène du massacre
des Innocents*, — achevait à la fois de définir dans ce
qu'elles avaient de plus légitime les aspirations de la nouvelle école et de révéler les tendances personnelles du
jeune peintre. Sans doute l'originalité du sentiment et de
la manière ne s'affichait pas ici avec la même audace que
dans d'autres ouvrages exposés aussi au salon de 1824, —
le *Massacre de Chio* de Delacroix, par exemple, et la *Mort
de Gaston de Foix* d'Ary Scheffer; mais pour se formuler en
termes moins agressifs, la poétique de Cogniet n'en était
pas plus équivoque.

Cogniet avait eu de plus, dans cette représentation d'un
carnage l'art d'en laisser seulement pressentir l'horreur,
et d'exciter la pitié pour les victimes sans nous les montrer au moment même où elles sont frappées.

En réduisant à une scène épisodique l'image du *Massacre des Innocents,* il rajeunissait à sa manière un thème
bien souvent traité par les maîtres, et il évitait d'entrer
en lutte avec eux. Au lieu de représenter, à leur exemple,
une multitude de femmes aux prises avec les bourreaux
pour défendre leurs enfants, il résumait le sujet dans les
angoisses d'une mère blottie derrière un mur en ruines,
au pied d'un escalier. D'une main la malheureuse cherche à étouffer sur les lèvres de son enfant des cris qui

vont le trahir; de l'autre elle le serre contre sa poitrine oppressée de terreur, en entendant les meurtriers descendre l'escalier dont quelques pierres à peine la séparent. Encore un instant, et son fils arraché de ses bras recevra la mort sous ses yeux.

Est-il besoin au surplus, d'insister sur les qualités qui distinguent cette toile si connue? Ne suffira-t-il pas aussi, Messieurs, d'en mentionner une autre appartenant à peu près à la même époque, — *Saint Étienne portant des secours à une famille pauvre* (1), — pour vous rappeler, en même temps qu'un des meilleurs tableaux de notre école moderne, un de ceux qui caractérisent le plus exactement les inclinations particulières du confrère que vous avez perdu et le genre de talent qui lui était propre? OEuvre d'un sentiment charmant et d'une expression pénétrante, où l'on croirait voir la traduction avec le pinceau d'une page de saint François de Sales ; œuvre chaste et tendre comme l'imagination qui l'avait conçue, habile sans étalage d'adresse, comme l'était et comme devait l'être en toute occasion l'honnête main qui la traçait.

Cogniet avait vu ses premiers tableaux assez bien accueillis par le public pour que, classé dès le début parmi les peintres d'histoire les plus distingués, il eût pu croire au-dessous de sa situation et de lui-même d'interrompre pour de moindres travaux la série commencée à Rome et si heureusement continuée à Paris. C'est ce à quoi il se résolut pourtant. Avec un empressement d'autant plus méritoire qu'il ne pouvait avoir d'autre récompense que le

---

(1) Dans l'église de Saint-Nicolas-des-Champs, à Paris.

succès procuré à un autre, Cogniet accepta de reproduire, sans même signer ces copies de son nom, quelques-unes des *Études de chevaux* que son ancien condisciple Géricault avait lithographiées en Angleterre ; et, pour compléter cette nouvelle suite, il lithographia également plusieurs dessins que la maladie dont il allait bientôt mourir ne permettait pas à Géricault de reproduire lui-même.

En s'imposant cette modeste tâche de traducteur, et de traducteur anonyme, Cogniet ne faisait donc pas seulement un rare sacrifice d'amour-propre ; il avait à cœur aussi, et surtout, d'apporter par là quelque soulagement à l'amère douleur d'un grand artiste condamné à l'oisiveté en pleine sève de génie, en pleine jeunesse. Les généreuses intentions de Cogniet ne furent pas déçues. Il réussit à tromper en quelque sorte l'inaction forcée de son ami, et quand le temps fut arrivé où Géricault allait atteindre au terme de sa longue agonie, Cogniet consola ses derniers jours avec autant d'affectueux dévouement qu'il garda ensuite d'attachement fidèle à sa mémoire.

A quelques années d'intervalle, une autre mort, la mort du maître même de Géricault et de Cogniet, devait laisser dans le cœur de celui-ci un deuil plus profond encore, des regrets dont l'avenir pourrait encore moins le distraire. « La mort de M. Guérin fait de moi un orphelin », écrivait Cogniet au lendemain de cette perte. Plus de trente ans après le jour où il l'avait subie, c'était, je l'ai dit tout à l'heure, avec les mêmes effusions de tendresse et dans les mêmes termes qu'il en parlait ; c'était avec la même émotion qu'il se rappelait les témoignages d'affection que Guérin d'ailleurs n'avait à aucune époque cessé de lui donner, et dont le dernier lui était venu de Rome où le maître, déjà bien près de sa fin, avait été chercher contre l'affaiblissement de ses forces des secours qu'il n'espérait plus trouver à Paris. « Vous le savez, écrivait Guérin le 5 mars 1833, vous le savez, mon cher Cogniet, rien ne change dans la ville éternelle... Aussi, pour ceux qui y reviennent l'admiration reste la même ; mais n'est-il pas bien pénible d'avoir à faire un retour sur soi au milieu de ces immuables beautés? Certes, j'éprouve encore les plus vives sensations sous ce ciel inspirateur, à la vue des richesses que ce climat conserve...; mais ma tête ne s'exalte plus, mes yeux n'ont plus assez de force pour supporter l'éclat de cette lumière, mes jambes se fatiguent à parcourir lentement les espaces que je franchissais si lestement autrefois. Enfin je me sens vieux où rien ne vieillit, et je cède au temps où tout le brave. » Et comme si le pressentiment de sa fin prochaine lui inspirait le besoin de se découvrir jusqu'au fond et de se communiquer tout entier à son élève dans un épanchement suprême : « Croyez bien, lui disait-il en terminant, que j'ai été votre ami plus encore que votre maître. »

Cogniet sans doute n'aurait pas admis qu'il dût le croire. A ses yeux la condescendance de Guérin ne pouvait supprimer la distance qui les séparait l'un de l'autre, et le mot même d'« ami », en impliquant presque l'idée de l'égalité entre eux lui aurait paru une atteinte à ses sentiments intimes de modestie et de respect. Et pourtant ce rôle de protecteur dont il se montrait si délicatement jaloux pour son maître, cette dignité un peu impassible qu'il regardait chez celui-ci comme une nécessité de situation, Cogniet,

3

dans ses rapports avec ses propres élèves, ne devait-il pas à son tour en faire volontiers bon marché ? Que de fois ne lui est-il pas arrivé pour réussir à rendre quelque service de s'aider d'arguments tout autres que l'exercice de son autorité ! Que de fois n'a-t-il pas invoqué les privilèges d'un « ami » de préférence aux droits d'un maître, soit pour continuer ses conseils à tel jeune artiste sorti de son atelier, soit pour secourir tel autre dans le besoin : et cela sans tenir jamais aucun compte ni du temps qu'il lui fallait ainsi sacrifier, ni de l'extrême modicité à toutes les époques de ses ressources personnelles, ni même, — libéralité peut-être plus méritoire encore, — du risque qu'il pouvait courir d'obliger parfois un ingrat !

Hâtons-nous de le dire d'ailleurs, ce danger-là, heureusement pour lui et surtout pour les autres, Cogniet y a toujours échappé. On en trouverait la preuve dans bien des lettres connues, tant qu'il vécut, de lui seul, mais que sa mort a livrées aux regards de sa famille, et dont il sera d'autant mieux permis de parler ici qu'en honorant celui à qui elles étaient adressées elles honorent aussi ceux qui les ont écrites. Et ce ne sont pas seulement les artistes de profession successivement formés par lui dont le cœur garde et gardera toujours un souvenir attendri de son dévouement à leurs intérêts ; ceux-là mêmes qui ont été les élèves de Cogniet à l'École Polytechnique où il a professé pendant seize années, au lycée Louis-le-Grand où il a dirigé l'enseignement du dessin depuis 1831 jusqu'à la fin de 1876, tous ceux qui, bien ou mal, se sont servis du crayon sous ses yeux ont pu apprécier ce qu'était un tel maître. S'ils n'ont pas su tous profiter également de ses leçons, ils savent du moins et ils n'oublieront pas que sa bienveillance pour eux ne s'est jamais démentie, sa patience jamais lassée.

Enfin, à côté de l'influence exercée par Cogniet sur tant de jeunes gens dont ses enseignements ont fait des artistes ou qu'ils ont préparés à l'intelligence de l'art, comment ne pas rappeler celle qu'il a eue sur d'autres élèves et sur le développement de leurs talents ? Parmi les femmes peintres dont les ouvrages ont depuis un certain nombre d'années figuré au Salon, et souvent avec un légitime succès, il en est peu qui ne soient sorties de son école. Est-ce là toutefois le seul fait à constater ici ? Ne saurait-on, sans un rapprochement indiscret, rattacher au souvenir de ces témoignages publics d'autres souvenirs plus intimes, mais bien dignes aussi d'être gardés, et, puisqu'il s'agit des élèves de Cogniet, saluer au moins d'une parole de respectueuse gratitude celle d'entre elles à qui il avait donné son nom, celle dont l'attentive et clairvoyante affection, après l'avoir soutenu de jour en jour dans les épreuves de la vie, a été la consolation fortifiante de ses derniers instants ?

Une grande partie de l'existence de Cogniet a donc été consacrée à l'enseignement. Si nous avons pu y perdre quelques tableaux, combien d'artistes y ont gagné d'être bien guidés, ou plutôt d'être bien encouragés à suivre chacun leur voie ! car jamais chef d'école n'eut moins que celui-là le goût de la domination et le besoin d'imposer sa manière. Comme Guérin, il ne croyait pas que son rôle de maître dût consister dans une intervention constante entre le sentiment personnel de l'élève et l'objet qui peut éveil-

ler ce sentiment. Aussi écrivait-il un jour à un jeune peintre qui s'était plaint apparemment de ne pas recevoir de sa
main le choc sur lequel il avait compté pour faire jaillir
l'étincelle secrète qu'il portait en lui : « Mais, mon cher
ami, ce n'est pas moi qui suis le briquet. Ce n'est ni moi,
ni personne, quoique beaucoup aient cette prétention ;
c'est la nature, la nature seule. Regardez de bonne foi le
nuage qui passe au-dessus de votre tête, l'eau qui vient
mourir à vos pieds, l'enfant sur les genoux de sa mère... Si
tout cela ne dit rien à votre esprit que vous supposez ré-
tif, il n'en peut être de même de votre cœur que je con-
nais, et, sans voûloir médire de votre tête, je puis affirmer
qu'il vaut mieux qu'elle. Ouvrez-le donc sincèrement à ce
qui est beau, à ce qui émeut, et l'étincelle désirée se dé-
gagera... M'est avis qu'en fait de peinture et de poésie, ce
n'est pas le plus souvent quand on cherche qu'on trouve ;
c'est quand on est touché... Voilà, en réponse à la vôtre,
ma théorie sur le briquet. Ce n'est pour ma part que
quand je l'ai mise instinctivement en pratique que j'ai pu
faire quelque chose de passable. »

A l'époque où Cogniet résumait ainsi sa doctrine, les
œuvres « passables », comme il disait, qu'elle lui avait ins-
pirées étaient, entre autres tableaux ou peintures monu-
mentales, cette charmante toile, le *Départ pour l'armée de
la garde nationale de Paris en* 1792, aujourd'hui au musée de
Versailles, — l'*Expédition d'Égypte* qui décore un des pla-
fonds du Louvre, — les *Saintes Femmes au tombeau* dans
l'église de la Madeleine, et de nombreux *portraits* dont plusieurs comme celui du *maréchal Maison* et celui du roi
Louis-Philippe à l'époque où il combattait à Jemmapes, ont,

outre les mérites de l'exécution, la valeur de documents
historiques. Enfin, Cogniet venait d'ajouter à l'ensemble
de ces œuvres d'élite celle qui devait mettre le sceau à sa
réputation, — *Tintoret peignant le portrait de sa fille morte*:
composition d'un effet saisissant, où tout ressort naturellement de la force des situations, de la tristesse navrante du
sujet, et où l'expression pathétique, si savante qu'elle soit,
semble supprimer pour le regard les recherches qu'elle a
pu coûter et l'habileté même du pinceau qui nous l'a trans-
mise.

Tout le monde se souvient de cet émouvant tableau et
du succès éclatant, — le plus populaire qu'ait jamais obtenu Cogniet, — qui en accueillit l'apparition au Salon de
1843. On se rappelle la figure de ce père s'efforçant de
maîtriser sa douleur et de dévorer ses larmes pour accom-
plir sa funèbre tâche en face de ce qui lui reste de sa fille;
on se rappelle le regard fixe qu'il attache, comme pour se
venger de la mort, sur cette tête chérie, sur ce jeune
corps qu'il croyait promis à la vie et que le tombeau va
lui prendre, sur ce lit où repose encore son enfant,
mais qui sera vide tout à l'heure. Pour rendre avec
tant de sobriété dans les intentions et dans les formes une
scène dont la moindre exagération aurait pu facilement
faire un vulgaire mélodrame pittoresque, il fallait un rare
esprit de mesure et, dans le talent, une singulière délicatesse; il fallait une sensibilité bien vive, mais en même temps
subordonnée aux strictes exigences de l'art et, pour ainsi
dire, disciplinée par le goût. Un autre qu'un peintre fran-
çais, au reste, aurait-il pu comprendre et traiter ainsi un
pareil sujet? Qu'on se figure le même thème livré aux pin-

ceaux d'un Hollandais ou d'un Espagnol, d'un Lievens ou d'un Ribera, et l'on appréciera par le contraste ce qu'il y a ici de discret, de contenu, de profondément judicieux.

En tout cas, et même à ne prendre pour termes de comparaison que des œuvres produites dans notre pays et dans notre siècle, le *Tintoret* de Cogniet, comme en général les travaux dus à la même main, se distingue entre les peintures modernes les plus remarquables par un accent particulier de fine modération et de correction scrupuleuse. Pour caractériser d'un mot le rôle qui appartient dans l'histoire de l'art contemporain au peintre auteur de ce tableau, du *Saint Étienne*, et de tant de *portraits* aussi iugénûment sentis qu'attentivement étudiés, on pourrait dire que ce rôle est celui d'un talent absolument étranger aux partis pris et aux systèmes, d'un talent sincère entre tous. Comme Horace Vernet personnifie l'esprit brillant et facile, Delacroix la passion, Ingres l'énergie intraitable de la volonté, Léon Cogniet représente, lui, la conscience, et ce ne sera pas un médiocre honneur pour son nom que d'avoir mérité de vivre à ce titre.

Il faut bien l'avouer toutefois, à force d'écouter ses scrupules, Cogniet ne laissait pas de s'attarder assez souvent dans la préparation ou dans l'exécution de ses travaux. La recherche infatigable, le besoin insatiable du mieux, là même où il s'agissait du détail le moins apparent ou du moindre accessoire, l'entraînaient à des hésitations, à des essais, à des remaniements renouvelés de jour en jour; le tout, il est vrai, sans jamais le décourager de la tâche qu'il avait entreprise, mais non sans mettre la patience de ceux qui la lui avaient confiée à une épreuve quelquefois aussi prolongée qu'imprévue : témoin certain *Portrait d'une jeune femme et de son enfant,* qui ne put être terminé, dit-on, qu'à une époque où les deux modèles s'étaient si bien transformés que l'enfant avait eu le temps de devenir presque un adolescent et la jeune mère presque une matrone. Une autre fois, il fallait que l'architecte de l'ancien Hôtel-de-Ville usât de ruse pour éloigner Cogniet d'un salon à la décoration duquel il s'était consacré depuis dix ans, et pour le mettre, par l'enlèvement subit des échafaudages dans l'impossibilité de prolonger encore la durée de son travail.

On conçoit qu'en exigeant autant de lui-même et en épargnant aussi peu son temps et ses peines dans la conduite de chaque ouvrage, Cogniet n'ait eu ni le loisir ni le goût de s'occuper beaucoup de ses intérêts matériels. De là l'extrême simplicité de sa vie privée et le contraste un peu inattendu entre cette existence si modeste dans l'intimité du foyer, et l'importance au dehors de celui à qui elle suffisait. Seul sans doute, Cogniet n'aurait jamais songé à s'en étonner, encore moins à s'en plaindre.

Jusqu'au dernier moment, sa vie a été celle d'un homme fidèle aux règles de conduite sévères qu'il s'était prescrites, aussi inébranlablement qu'à ses convictions d'artiste; jusqu'au bout, elle a gardé l'inflexible continuité d'une ligne droite. Dans sa longue carrière, Cogniet avait assisté à bien des changements; il avait vu l'art se renouveler plusieurs fois autour de lui, il avait vu s'engager bien des luttes, se succéder bien des hommes et bien des choses; mais tandis que tout s'agitait ou se transformait ainsi, il n'en restait pas moins attaché avec une sérénité invincible aux souvenirs et aux enseignements de sa jeunesse, avec la même sécurité de conscience et la même candeur à tout ce qu'il avait une fois jugé bon, une fois reconnu vrai.

Et pourtant, lorsqu'il le fallait, cette âme, si habituellement repliée sur elle-même, se redressait assez fièrement et savait se montrer assez énergique pour détromper, dès les premiers actes ou les premiers mots, ceux qui avaient cru pouvoir en vaincre les scrupules ou en escompter les complaisances. La démission que, en 1863, il donna des fonctions qu'on lui avait attribuées dans la nouvelle .organisation de l'École des beaux-arts, — et cela quelques mois à peine avant l'époque où il aurait achevé comme professeur d'acquérir ses droits à la retraite, — les refus qu'il opposa dans d'autres circonstances à des propositions qui eussent séduit facilement de moins modestes ou de moins désintéressés que lui, — tout prouve, de reste, que chez Cogniet la fermeté du caractère était égale à la bienveillance de l'esprit, et que si sa bonté naturelle le portait à l'indulgence pour les hommes, elle n'allait pas, tant s'en faut, jusqu'à passer condamnation sur les erreurs qu'il leur arrivait de commettre.

Sa personne d'ailleurs si sûrement attrayante, sa physionomie à la fois si ouverte et si fine, n'exprimaient-elles pas dès le premier aspect ce mélange de haute probité morale et de délicatesse intellectuelle? On ne pouvait approcher Cogniet sans se sentir en présence d'un homme pro-

fondément distingué et d'un honnête homme ; on ne pourra
désormais qu'éprouver la même impression en face du
portrait que nous devons au talent véridique et ému d'un
de ses plus dignes élèves, aujourd'hui notre confrère, —
de ce portrait dont un autre d'entre vous, Messieurs, louait
récemment et à si bon droit la ressemblance pénétrante.
« Assis de face, disait M. Guillaume (1), le coude sur le ge-
nou et le menton dans la main, le noble artiste se penche
doucement en avant. Il vous regarde avec la mélancolie de
son grand âge et l'inaltérable bienveillance de son cœur...
Il est encore à l'atelier. » Ne serait-il pas permis d'ajouter
que cette vivante image replace aussi notre vénéré confrère
au milieu de nous, et qu'elle nous rend, avec l'illusion de sa
présence, un reflet de tout ce que nous aimions en lui ?
Oui, c'est bien ainsi que nous le voyions et que nous nous
plaisions à le voir dans nos séances, attentif aux paroles
de chacun, s'appliquant avec une studieuse bonne foi à dis-
cerner le meilleur avis et, une fois persuadé, prompt à le
soutenir sans ambiguïté ni périphrase ; c'est bien ainsi qu'il
nous apparaissait, prudent et résolu tout ensemble, craignant de s'imposer aux autres, mais craignant encore plus
de s'abandonner lui-même ou de se dérober à un devoir.

Le devoir : ce mot-là, Messieurs, est celui qui formera
la conclusion naturelle des souvenirs que j'ai essayé de re-
cueillir devant vous. Ne résume-t-il pas en effet toute la
biographie de Léon Cogniet, tous les mobiles de ses ac-
tions et de ses travaux, tous les ressorts de son talent ?
L'école française a pu compter dans notre siècle des maî-

(1) *Revue des Deux-Mondes*, 1ᵉʳ juillet 1881.

4

tres plus puissants, des novateurs plus hardis ; d'autres noms peut-être figureront avec plus d'éclat dans l'histoire de l'art contemporain : il n'en est pas qui mérite davantage d'être environné de respect, et de rester dans la mémoire des artistes comme le synonyme de l'élévation du caractère, de la droiture et de la bonté.

Paris. — Typ. Firmin-Didot et Cⁱᵉ, impr. de l'Institut, rue Jacob, 56. — 11682.